D0809902

La dangereuse fausse balle

Catalogage avant publication de Bibliothèque et Archives nationales du Québec et Bibliothèque et Archives Canada

Bergeron, Alain M., 1957-

La dangereuse fausse balle

(Rire aux étoiles ; 5)
(Série Virginie Vanelli ; 3)
Pour enfants de 7 ans et plus.

ISBN 978-2-89591-052-7

I. Couture, Geneviève, 1975-   . II. Titre. III. Collection. IV. Collection :
Bergeron, Alain M., 1957-   . Série Virginie Vanelli ; 3.

PS8553.E674P38 2007   jC843'.54   C2007-940472-3
PS9553.E674P38 2007

Tous droits réservés
Dépôts légaux : 1er trimestre 2008
Bibliothèque et Archives nationales du Québec
Bibliothèque et Archives Canada
ISBN 978-2-89591-052-7

© 2008 Les éditions FouLire inc.
4339, rue des Bécassines
Québec (Québec) G1G 1V5
CANADA
Téléphone : (418) 628-4029
Sans frais depuis l'Amérique du Nord : 1 877 628-4029
Télécopie : (418) 628-4801
info@foulire.com

Les éditions FouLire remercient la Société de développement des entreprises culturelles du Québec (SODEC) pour son aide à l'édition et à la promotion.

Gouvernement du Québec – Programme de crédit d'impôt pour l'édition de livres – gestion SODEC.

Les éditions FouLire remercient également le Conseil des Arts du Canada de l'aide accordée à leur programme de publication.

IMPRIMÉ AU CANADA/PRINTED IN CANADA

ALAIN M. BERGERON

La dangereuse fausse balle

Illustrations
Geneviève Couture

RIRE AUX
ÉTOILES

Avant de commencer...

Depuis son dixième anniversaire de naissance, Virginie Vanelli est dotée d'un pouvoir extraordinaire. Elle rêve d'événements qui sont transposés dans sa vie de tous les jours. Ce don de prémonition, elle l'a reçu de sa grand-mère, Valérie Vanelli. Elle lui a aussi légué un capteur de rêves ainsi qu'un vieux pyjama beige, rapiécé, avec de gros boutons à l'avant et les lettres VV brodées en or, côté cœur.

Ce pouvoir n'est efficace que si Virginie prend conscience qu'elle rêve. Il lui faut se « réveiller » dans son sommeil. Pour cela, elle peut compter sur l'aide de sa peluche Goki, le Gardien de ses rêves.

Alors, attention, toi aussi ! Tout comme Virginie, parfois tu seras dans son rêve sans le savoir. À toi de découvrir s'il s'agit de la vraie vie de Virginie ou d'un rêve qu'elle fait.

Bonne lecture !

CHAPITRE 1
Dans le gant !

– Aaaaaaaaaaaaaaaaaaaaaaaaaah !

Virginie Vanelli se réveille en sursaut. Le cœur battant, les mains moites, elle s'assoit sur son lit. Alerté par le cri, le chien Bingo pose sa tête sur les genoux de la jeune fille. Les dernières images de son rêve lui reviennent en mémoire. Elle sent sa joue encore humide et elle grimace de dégoût. Elle l'essuie vivement avec sa couverture pour en chasser la sensation et pour éloigner ce souvenir d'elle.

Virginie s'empare de sa peluche, Goki, l'hippopotame mauve, et la secoue comme si elle voulait la réanimer.

– Ce n'est qu'un cauchemar, hein ?
Ce n'est qu'un cauchemar ?

Dépitée, elle balance Goki à travers la pièce. Croyant à un jeu, le beagle des Vanelli saute du lit pour aller chercher la peluche et la rapporter à sa maîtresse.

Fidèle à son habitude, Virginie s'empare d'un cahier, toujours à portée de main sur sa table de chevet. Il est 3 h 30 de la nuit. Elle écrit son rêve.

« La première chose dont je me souviens, c'est que nous étions dans les gradins du stade de baseball de la ville. L'équipe locale, le Kiwanis de la Morphée, affrontait le Wenceslas de Saint-Osiris.

Hubert et Sylvestre dérangeaient sans relâche les joueurs de l'extérieur. Sylvestre était très tenace et harcelait un gaillard du Wenceslas au sujet de ses oreilles. Il le surnommait Dumbo. Mais celui-ci n'entendait pas à rire.

Avant de se présenter au marbre, le joueur a brandi son bâton en direction de Sylvestre. Moi, j'essayais d'encourager mon équipe, sans me soucier des adversaires. J'espérais une fausse balle dans notre direction. Je l'attraperais et la conserverais, tel un précieux trophée. J'ai tapé dans mon gant pour le préparer à recevoir une balle, au cas où...

– Ouch ! a dit une voix caverneuse que j'ai reconnue immédiatement.

Goki, ma peluche! J'étais en train de rêver. Et Goki s'était transformé en gant de balle. Un gant de balle... mauve! Beurk... Je n'ai pas eu le loisir de discuter de la raison de sa présence. Il y a eu un mouvement derrière moi. Un CLAC! a retenti sur le jeu. L'instant d'après, une balle frappée en flèche filait droit vers Sylvestre.

Instinctivement, j'ai tendu le gant. J'ai senti la balle entrer avec force dans mon panier. Le choc a fait reculer ma main près de la mâchoire de Sylvestre.

– Ouille! Ouille! Ouille! s'est lamenté Goki-le-gant.

Mon *frère* Hubert était tombé de son *siège* et avait renversé sur lui son petit verre de barbotine. Bien fait! J'aurais dû lui payer un méga-super-hyper verre!

Ébranlé, Sylvestre a repoussé mon gant de son visage. Et il a compris ce qui venait de se dérouler. Sans moi, il aurait pris la balle dans les dents!

Il a voulu me remercier et il m'a... il m'a...»

Virginie dépose son crayon et soupire.

– Je ne peux pas croire que je l'ai laissé faire ça... Je ne peux pas croire que je l'ai laissé faire ça...

Elle revoit Sylvestre s'approcher d'elle et... et...

Virginie échappe crayon et cahier et se cache la tête sous son oreiller.

– Ben... il va l'avoir dans les dents!

Toutefois, à force d'analyser son rêve, Virginie essaie de se convaincre que cette histoire ne peut avoir d'écho dans sa vie. Elle ne côtoie Sylvestre qu'à l'école. Et elle est en vacances scolaires, donc en congé de Sylvestre. Cette pensée ne la rassure que momentanément. Car une autre s'impose : Hubert, son ado de frère, apprécie la compagnie de Sylvestre (ou serait-ce celle de ses minuscules soldats dénichés dans des boîtes de céréales ?). Et puis, leurs pères sont des collègues de travail…

Virginie décide qu'il est trop tard pour se torturer les méninges. Elle préfère conclure qu'il ne s'agit que d'un épouvantable cauchemar et se rendormir.

– Ça suffit ! dit-elle, pour sa peluche Goki autant que pour elle-même.

Le matin, au déjeuner, le téléphone sonne. Virginie décroche, croyant à un

coup de fil de son meilleur ami, Manseau Grégoire. Elle s'est trompée ; un homme souhaite parler à monsieur Vanelli.

– C'est pour moi ! affirme Hubert en tendant la main pour s'emparer de l'appareil.

– Tu n'as rien d'un monsieur, même si tu fais semblant de te raser, riposte Virginie. C'est pour papa.

Tandis que Virginie et Hubert entreprennent une discussion animée, Vincent Vanelli s'entretient avec son interlocuteur.

– Non ! Ça ne nous dérange pas...

Il raccroche.

– Les enfants, annonce-t-il, le père de l'un de vos amis m'a demandé d'héberger son garçon pendant une semaine. Sa femme et lui partent en vacances et sa belle-sœur devait garder, mais elle est tombée malade...

– Chic! s'exclame Virginie. C'est Manseau!

– Pas lui! grogne Hubert.

– Ce n'est pas de cet ami-là dont il est question, corrige le père.

Virginie secoue la tête. Non... Ce n'est pas vrai... Pas lui...

Dès que le nom de Sylvestre est prononcé, elle se pince le bras.

– Il faut que je me réveille ! Il faut que je me réveille !

CHAPITRE 2
Première prise !

– Et Sylvestre t'a embrassée sur la joue, Double V ? s'étonne Manseau Grégoire.

– Ou… oui, admet Virginie, baissant la tête comme si elle en avait honte.

Un lourd silence suit la révélation. Ils roulent à vélo dans les rues du quartier. Virginie ne veut pas être à la maison lorsque Sylvestre débarquera pour la semaine.

– Et tu l'as laissé faire ? la réprimande Manseau, agacé.

Du coin de l'œil, Virginie observe le garçon qui, lui, fixe l'horizon tout en pédalant. Elle a l'habitude de lui raconter ses rêves. D'ordinaire, Manseau se montre ouvert à ses confidences. Sauf que cette fois, il est contrarié. Soudain, Virginie comprend.

– Quoi? Tu es jaloux de Sylvestre, Manseau Grégoire? se moque-t-elle. Franchement! C'était un rêve!

Virginie cesse de rouler, mais son ami poursuit sa route.

– Les rêves peuvent devenir réalité! rappelle-t-il en accélérant pour déguerpir.

Elle n'essaie pas de le rattraper. Peinée, elle rebrousse chemin pour rentrer chez elle.

Manseau, jaloux de Sylvestre! Alors qu'il n'y a personne sur terre qui l'énerve plus que lui... «C'est ridicule», songe-t-elle.

***

La chaleur torride de ce début de juillet et le refroidissement des relations avec Manseau incitent Virginie à rester chez elle et à se baigner dans la piscine familiale. Méfiante au début, elle se détend en constatant l'absence de Sylvestre et de Hubert. Peut-être ont-ils été avertis de se tenir tranquilles, après tout? Couchée sur le matelas gonflable, elle dérive sur l'eau.

Elle pense à son ami Manseau et s'en veut de ne pas l'avoir invité à se rafraîchir. Elle est sur le point de s'assoupir lorsqu'elle sent un léger picotement sur son dos. Probablement le vent...

Le picotement se déplace vers son épaule, puis le long de son bras, sur lequel sa tête est appuyée. Virginie ouvre les yeux et voit, à quelques centimètres de son nez... une araignée aux longues pattes!

La jeune fille est paralysée, plus stupéfaite que terrorisée. Des rires parviennent jusqu'à elle. C'est à coup sûr un sale tour de Sylvestre et de Hubert qui ont déposé la bête sur elle.

Virginie souffle doucement sur l'araignée pour qu'elle s'éloigne, en vain.

– Mmm... maman ? Maman ? murmure Virginie.

Sa mère, qui devait la surveiller, s'est endormie dans le hamac, suspendu entre deux arbres. Au-dessus d'elle chantent des bruants: «Où es-tu...Virginie, Virginie, Virginie ? » Et l'araignée qui continue d'avancer...

– MAMAN! rugit Virginie.

Les paupières mi-closes, sa mère lui sourit avec tendresse, mais demeure immobile.

– Au secours! Il y a une araignée sur mon bras! Vite, maman! Viens m'aider!

– Les petites bibittes ne mangent pas les grosses, lui révèle une voix caverneuse.

– Goki!

La peluche a pris la forme d'un ballon mauve et flotte à proximité d'elle.

– Ôte ça de là! l'implore Virginie. Ou je me pince!

– Pas – gloup! – tout – gloup! – de – gloup! – suite – gloup! réplique Goki, qui tournoie joyeusement sur lui-même dans l'eau.

La mère de Virginie découvre enfin l'araignée sur le bras de sa fille.

– Je ne touche pas à ça, moi! frissonne-t-elle. Huberrrrrrrrrrrrrrrrrrt!

L'adolescent rapplique à toute vitesse, suivi de Sylvestre. Les deux se délectent de la scène. Le matelas est près du rebord de la piscine. Hubert tend la main et s'empare de l'araignée.

– J'espère que la vilaine et affreuse fille ne t'a pas trop effrayée, lui chuchote-t-il. Ma sœur, ce n'est pas une grosse mouche, Marguerite…

– Marguerite? répète Sylvestre.

– Oui, explique Hubert en s'éloignant. Marguerite, comme la fleur. On va jouer à «Elle m'aime… elle ne m'aime pas…»

– Elle n'a pas de pétales, ta fleur, remarque Sylvestre.

– Elle a des pattes, souligne le grand frère de Virginie avec un rire sadique.

Bien qu'elle ait les araignées en horreur, Virginie est révoltée par les intentions d'Hubert.

C'est alors qu'elle se réveille et qu'elle ressent un léger picotement sur son dos... Elle est « revenue ». Couchée sur le matelas gonflable, dans la piscine, elle distingue les rires étouffés des garçons. Elle sait qu'il y a une araignée qui passe de son dos à son épaule, à son bras. Le choc est ainsi atténué lorsqu'elle aperçoit l'horrible promeneuse à quelques centimètres de son visage.

Virginie réussit à maîtriser un cri. Est-ce la sensation de

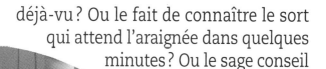

déjà-vu? Ou le fait de connaître le sort qui attend l'araignée dans quelques minutes? Ou le sage conseil de Goki: «Les petites bibittes ne mangent pas les grosses»?

D'un arbre jaillit le chant d'un couple de bruants: «Où es-tu, Frédéric, Frédéric, Frédéric?»

Virginie réprime sa répulsion envers tout ce qui compte plus de quatre pattes. Elle ne se livrera pas en spectacle cet après-midi. Elle bat des pieds pour amener le matelas vers le rebord de la piscine.

Une fois rendue, elle tend son bras vers le sol.

– Va-t'en ! Va-t'en !

D'une lenteur exaspérante, l'animal bouge et emprunte le chemin le plus long. Plutôt que de descendre du bras de Virginie, l'araignée se dirige vers la main, puis les doigts. Elle s'attarde sur l'index. C'en est trop pour la jeune fille, qui la projette au loin d'un geste vif. L'araignée se réfugie dans le gazon, à l'abri des prédateurs humains qui pourraient confondre pattes et pétales...

Calmée, Virginie se glisse dans l'eau et nage. Une réflexion la remue : son don de rêve prémonitoire a été efficace, même si elle ne s'était pas endormie dans son lit vêtue de son vieux pyjama, avec le capteur de rêves et la peluche Goki pour veiller sur son sommeil... D'ailleurs, tout ce qu'elle porte, c'est un maillot de bain !

Elle met un terme à ses observations personnelles pour une tâche plus importante : tirer la langue aux deux garçons, sortis de leur cachette et mécontents de l'échec de leur tour.

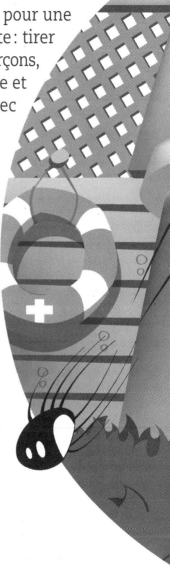

– Tu vas l'avoir dans les dents, Sylvestre, marmonne-t-elle, déterminée.

CHAPITRE 3
Dans les dents!

Virginie a hâte de marquer d'une croix, sur le calendrier, la date d'aujourd'hui pour indiquer que cette première et interminable journée de Sylvestre chez les Vanelli est terminée.

L'épisode de l'araignée a été suivi d'un bombardement en règle de ballons d'eau glacée. Pire: pour animer la soirée, monsieur Vanelli a proposé une sortie en famille. Un match de baseball! À la surprise de tout le monde, y compris celle de Virginie, qui s'est retrouvée devant le fait accompli... et les billets achetés. Elle a téléphoné à Manseau pour lui offrir d'assister à la partie, mais il n'a pas retourné ses appels.

Virginie est coincée sur le siège arrière de la voiture, entre Sylvestre et Hubert.

– Tout le monde a apporté son gant pour attraper les fausses balles? s'enquiert madame Vanelli, au volant du véhicule.

– Oui! répondent les garçons.

– Non! dit Virginie, énigmatique.

Elle dévisage Sylvestre.

– Tu veux ma photo, Wirginie Wanelli? peste-t-il.

– Ça pourrait être utile, en effet... Avant et après...

– Oublie ça, Sylvestre, rouspète Hubert. Son amoureux de Manseau et elle doivent s'être chicanés.

– Ce n'est pas mon amoureux, tonne Virginie, furieuse et... rougissante.

Elle se mure dans le silence et se promet qu'elle n'interviendra pas pour la fausse balle. Tant pis pour Sylvestre! Il le mérite! Alors pourquoi ce sentiment de culpabilité persiste-t-il?

***

Les matches de l'équipe de baseball junior, le Kiwanis de la Morphée, n'attirent pas les foules. Les places libres sont nombreuses… La bande des Vanelli opte pour les sièges près de l'abri des visiteurs, sur la ligne du premier but. Sylvestre et Hubert sont à l'endroit idéal pour déranger les joueurs du Wenceslas de Saint-Osiris. Leurs insultes atteignent leurs cibles, dont le meilleur frappeur, un dénommé Prud'homme. C'est lui qui va au bâton.

– Hé! attention aux coups de vent! Avec tes oreilles, tu pourrais t'envoler, Dumbo! s'époumone Sylvestre.

– Protège ta trompe, Dumbo! renchérit Hubert.

Si Virginie le pouvait, elle se cacherait la tête sous un sac d'épicerie tellement elle a honte d'être en leur compagnie.

Le regard mauvais, Prud'homme se présente au marbre. Il pointe son bâton vers Sylvestre. Les battements du cœur de Virginie s'accélèrent. La suite des événements lui est familière.

Quelqu'un dans la foule se met à encourager l'équipe locale :

– Go, Kiwanis, *go*! Go, Kiwanis, *go*!

Le lanceur effectue son premier tir et Prud'homme fend l'air.

– Go, Kiwanis, *go*!

La mascotte, venue de nulle part, bondit sur le toit de l'abri des visiteurs. Elle multiplie les acrobaties, exécute la roue, marche sur les mains, se déchaîne sur une guitare électrique fictive. Les spectateurs scandent son nom :

– Goki ! Goki ! Goki !

Virginie manque de s'étouffer. Goki, sa peluche, est la mascotte du Kiwanis… Elle rêve !

Elle constate qu'elle a revêtu son vieux pyjama. Elle est terriblement gênée… À ce moment, un bruit éclate sur le terrain.

CLAC !

Aussitôt, un missile circulaire est propulsé vers les gradins. Sa course, brève et explosive, s'arrête… dans le visage de Sylvestre. L'impact produit un son semblable à celui d'une citrouille projetée sur l'asphalte à l'Halloween.

Une longue plainte s'élève de la bouche ensanglantée du garçon étendu au sol, entre les deux rangées de sièges. Là où il y avait des dents auparavant, il n'y a plus qu'un trou béant maintenant.

– Ze sssaigne ! Ze sssaigne ! se lamente-t-il, paniqué.

Son visage est méconnaissable. Le sang coule abondamment de son nez et de sa bouche. À ses côtés, Hubert se plaint de son verre de barbotine renversé sur son pantalon.

– C'est ta faute !

Insensible à la douleur de l'autre, Hubert ramasse la balle et en arrache les deux dents incrustées dans le cuir.

– Tiens, ceci t'appartient, dit-il à Sylvestre en lui remettant les dents. Et ça – en désignant la balle –, c'est à moiiiiiiiiii ! hurle-t-il, les bras au ciel.

Le soigneur de l'équipe locale s'amène pour prodiguer les premiers soins au blessé. Il utilise une serviette blanche pour éponger le sang qui lui barbouille la figure.

– On va t'emmener à l'infirmerie.

En s'éloignant, Sylvestre jette un dernier coup d'œil à Virginie.

– Eh! comme si c'était à cause de moi! proteste-t-elle. Ça suffit! Je regagne mon lit.

Sur le toit de l'abri, Goki s'incline en guise d'au revoir. Virginie se pince l'avant-bras et gémit sous la douleur. Les puissants réflecteurs s'éteignent d'un seul coup; la noirceur est totale.

Seule subsiste la luminosité des chiffres du réveil sur la table de chevet de Virginie Vanelli.

Il est 4 h 30 du matin et la jeune fille est furieuse.

CHAPITRE 4
Deuxième prise !

Cette fois-ci, Virginie choisit de ne pas écrire les détails de son rêve. Pour la première fois depuis qu'elle a conscience de son don, elle a assisté à une même scène, avec des conclusions différentes. Goki voulait-il lui montrer les conséquences de son indifférence dans le deuxième rêve ? Peut-être aurait-elle dû apporter son gant et intercepter la balle ?

Au matin, assise dans son lit, elle se sent épiée par les yeux vides de la peluche Goki. Elle lui enfouit le visage sous la couverture.

– Arrête de me fixer et de me faire sentir coupable…

Ces interrogations, elle ne peut en discuter qu'avec son meilleur ami, Manseau Grégoire. De nouveau, elle lui téléphone et espère qu'il sera à l'autre bout du fil. Victoire! C'est lui!

– Non, ne raccroche pas! le supplie Virginie. Il faut que je te voie aujourd'hui.

– Pourquoi? Tu n'as pas à sauver ton cher Sylvestre d'un désastre? demande-t-il, sarcastique.

– Justement…

Elle lui résume son rêve en quelques mots. Le malheur des uns, particulièrement celui de Sylvestre, fait le bonheur des autres… et de Manseau.

– Bon pour lui! Il le méritait, non?

– Euh… oui, approuve Virginie, pas très convaincue.

Les deux amis conviennent de se rencontrer chez Manseau dans dix minutes et ils raccrochent. En un temps record, Virginie troque son vieux pyjama pour des vêtements légers. Elle s'élance vers le garage et en sort son vélo.

Quelques minutes plus tard, elle rentre dans la maison. Frustrée, elle s'empare du téléphone et compose le numéro de Manseau.

– Ça va être un peu plus long que prévu, lui dit-elle, les dents serrées. Les pneus de mon vélo sont à plat...

Dans la chambre des garçons percent des rires complices...

– On est pas mal gonflés, ricane Hubert.

– Elle devra faire du bouche à pneu, ajoute Sylvestre.

***

– C'est curieux que tu aies sauvé la vie d'une araignée et que tu n'aies pas bougé le doigt pour Sylvestre, relève Manseau.

Virginie vient de lui résumer ses derniers rêves. Ils discutent ensemble, accroupis au pied d'un arbre, à l'ombre du soleil.

–Je ne voulais pas l'abandonner aux mains de ces deux imbéciles, se justifie-t-elle.

–Tu parles de l'araignée ou de Sylvestre ? interroge Manseau, sachant la réponse.

Virginie glousse puis retrouve vite son sérieux.

– Il n'avait qu'à se concentrer sur le match, cet abruti, au lieu de crier des âneries…

– Et il ne t'a pas embrassée après, continue Manseau, soulagé.

Le souvenir du visage ensanglanté du garçon vient hanter Virginie.

– Beurk!

Elle essuie machinalement sa joue tandis que Manseau réfléchit.

– C'est vrai que l'été, c'est la saison des reprises à la télé… Mais pas dans les rêves, et pas avec des fins différentes… Si ton Goki t'a montré les deux possibilités, c'est qu'il voulait s'en remettre à ton jugement, non?

Virginie hoche la tête.

– C'est ce qui m'agace! Je me sentais mal après avoir vu Sylvestre dans cet état-là. Parce qu'il devait souffrir et parce que j'aurais dû, j'aurais pu attraper la balle.

Elle lui raconte que l'un de ses cousins a eu la mâchoire fracturée par une rondelle au hockey. Il a porté des broches pendant des semaines et s'est nourri à la paille avec des aliments non solides. Il a perdu plusieurs kilos. Il lui a fallu un appareil dentaire parce qu'il lui manquait trop de dents.

Virginie avoue que les inconvénients qu'entraînait la blessure de Sylvestre étaient bien pires qu'un simple baiser sur la joue, fût-il donné par son plus grand ennemi. Manseau en vient à une conclusion identique, bien qu'elle ne lui plaise guère.

– De toute façon, vous n'allez jamais au baseball, non ? dit-il d'un ton détaché qui ne trompe personne, surtout pas Virginie.

– ... Mon père nous a annoncé plus tôt que nous avions une grande sortie en famille, confie-t-elle, mal à l'aise. Devine où? Et en l'honneur de tu-sais-qui... Ce sera donc ce soir et ce sera dans le gant ou dans les dents. Je ne pourrai pas l'éviter. Est-ce que j'ai vraiment le choix? Et si tu venais?

PAF! PAF!

Deux ballons d'eau glacée explosent sur le tronc de l'arbre et éclaboussent leurs têtes.

– En plein dans le mille! triomphe Sylvestre, sous les applaudissements de Hubert.

Leur mauvaise plaisanterie accomplie, ils se tambourinent sur la poitrine tels des gorilles. Ensuite, ils partent à vélo. Virginie se redresse d'un bond et court dans la rue à leurs trousses.

– Compte pas sur moi pour te protéger, espèce de Sylvestre !

CHAPITRE 5
Quelle sur... prise !

Virginie propose à ses parents d'emmener Manseau. Impossible, rétorque son père, il n'y a plus de place dans la voiture des Vanelli.

– Je pourrai m'asseoir sur ses genoux, plaide-t-elle.

– Jeune fille ! s'offusque sa mère.

– Non ! Ce n'est pas ce que je veux dire, corrige Virginie. On partagera la ceinture de sécurité. Ou mieux, on pourrait attacher Sylvestre sur le toit, comme un orignal mort, et...

– Non ! coupe son père. Sylvestre est notre invité de la semaine. Fin de la discussion. Il faut partir.

Virginie téléphone à Manseau pour lui apprendre la mauvaise nouvelle. Au bout de quatre sonneries, le répondeur démarre. Après un court message, elle raccroche, dépitée.

Coincée entre Sylvestre et Hubert, sur le siège arrière de la voiture, Virginie ne veut courir aucun risque. Discrètement, elle se pince le bras. Elle y va un peu trop fort et échappe un cri de douleur.

– Aïe!

D'accord, elle ne rêve pas.

– Hubert ! Cesse d'importuner ta sœur ! ordonne sa mère, au volant.

– Je n'ai rien fait ! jure-t-il, les mains levées pour manifester son innocence.

– Sylvestre ! gronde le père de Virginie.

– Non ! C'est elle. C'est Wirg... Virginie, se reprend-il. Elle s'est auto-pincée !

– On y est ! signale la mère.

Au moment de sortir du véhicule, les deux garçons, d'un commun accord, pincent les épaules de Virginie.

– Aïe !

– Virginie ! se fâche son père. Veux-tu arrêter de t'auto-pincer ?

La jeune fille n'a pas envie de protester. Elle prend son sac à dos et pénètre dans le stade de baseball. Sans surprise, elle occupe le même siège que dans ses rêves : à proximité de l'abri des visiteurs, sur la ligne du premier but.

La famille Vanelli arrive pour le début du match entre le Kiwanis de la Morphée et le Wenceslas de Saint-Osiris, en cette soirée chaude et collante. De son sac à dos, Virginie sort... un sac d'épicerie. Elle y a percé des trous pour ses yeux.

– Je suis gênée d'être vue avec eux, mentionne-t-elle à ses parents, en désignant Sylvestre et Hubert.

– Tu es plus présentable, lui marmonne Sylvestre à l'oreille.

«Au moins, pense-t-elle, si ce crétin m'embrasse, il ne me touchera pas la joue...»

Sa mère pousse un soupir d'exaspération devant l'attitude de sa fille.

– Quatre autres hot dogs avec plein d'oignons! commande un homme derrière elle, à l'intention d'un vendeur ambulant.

– Bonne idée! s'enthousiasme Hubert. Moi aussi!

– Ça me surprendrait, le contredit son père.

Tout à coup, Virginie se souvient d'un détail.

– Je vais vous payer, à tous les deux, une méga-super-hyper barbotine, dit-elle aux garçons.

– Pourquoi ? s'informe Sylvestre, soupçonneux.

– Parce que vous le méritez bien…

Le client donne un généreux pourboire au vendeur ; il engloutit son premier hot dog. Virginie remarque sur son gilet des taches de ketchup, de relish et de moutarde. L'homme attaque un deuxième hot dog et arrache la tête de la saucisse… Entre deux bouchées, il beugle :

– Go, Ki… Go, Ki…

– Goki ? Où ça ? interroge Virginie, fouillant les environs du regard.

Elle s'auto-pince de nouveau, au grand dam de sa mère. Elle craint de s'être endormie dans la voiture…

– Voyons, c'est quoi le nom de notre club ? gueule l'homme. Ah oui !

Il se lève et met ses mains en porte-voix.

– Go, Kiwanus, *go*!

Il se rassoit. Pouah! Ça pue les oignons! Le visage de Virginie vire du rose au vert pâle... Elle ne se sent pas très bien. Vite, elle retire son sac pour mieux respirer.

L'apparition dans le cercle d'attente du meilleur joueur adverse signifie pour Virginie qu'il est l'heure de passer en mode alerte. Elle fouille dans son sac à dos à la recherche de son gant de baseball pour éviter l'incident «Sylvestre»... Malgré tous les sentiments déplaisants qu'elle nourrit à son égard, elle se sent responsable de lui en raison de son don.

Zut! Il est... vide! Son gant n'y est pas.

L'a-t-elle oublié à la maison ? Dans la voiture ? Peu importe, il lui faut agir et vite ! Elle doit imaginer une nouvelle solution car le joueur s'avance vers le marbre et prend position. Les deux garçons l'enguirlandent. Inspirée, Virginie veut noyer le flot d'insultes avec des « Blablablabla ».

– Attention aux coups de vent ! Avec tes oreilles, tu pourrais t'envoler, Dumbo ! crie Sylvestre.

– Blablablablablabla…

– Protège ta trompe, Dumbo ! ajoute Hubert.

– Blablablablablabla…

Inutile ! Les voix combinées des garçons couvrent la sienne.

Quand elle aperçoit le gant de base-ball sur les genoux de son frère, elle le supplie de le lui prêter.

– Pas question ! T'es une fille et ta maladresse pourrait le contaminer, affirme-t-il, méprisant.

Il déguste une gorgée de barbotine et se racle la gorge.

– Idiot ! s'emporte Virginie. Laisse-le à Sylvestre ! Ou Sylvestre, change de siège avec moi !

Irritée par l'insistance de sa fille, madame Vanelli se lève et offre de s'asseoir à la place du garçon.

– Noooooooooooon ! s'oppose Virginie en la priant de ne pas bouger.

Dans sa tête, elle voit sa mère recevoir la balle en pleine poire… Quelle horreur ! Sylvestre, de son côté, est trop occupé à déranger le frappeur.

– Dumbooooooooo !

Le lanceur tire vers le marbre. Ça y est, croit Virginie. Il est trop tard. Elle détourne la tête et se persuade qu'elle aura fait son possible. Le porte-couleurs du Wenceslas amorce son élan.

CLAC!

Virginie demeure immobile, sachant que la balle voyage à une vitesse folle en direction de la figure de Sylvestre. Ce ne sera rien pour l'améliorer, celui-là.

Virginie appréhende le bruit effroyable d'une mâchoire écrabouillée par la balle...

Elle sent quelque chose qui la frôle...

Un mouvement derrière elle.

Un cri...

Un son étouffé...

Pas de *plotsch*?

Pas de lamentations?

Seulement des plaintes.

– Bravo! Tu as renversé ta barbotine sur moi! bougonne Sylvestre.

– Non! s'indigne Hubert. C'est toi!

Virginie voit les deux garçons dégoulinants de barbotine. «Et vive le format méga-super-hyper!» se réjouit-elle.

La balle de baseball a été stoppée à quelques centimètres de la joue de Sylvestre, bien logée dans le gant de… Manseau Grégoire.

ÉPILOGUE

Au lendemain du match de baseball, Virginie rejoint Manseau chez lui, au pied de l'arbre. Son ami lui raconte avoir écouté son message sur le répondeur téléphonique. Il a décidé d'aller au stade à vélo. Il avait un plan en tête. Le seul moyen d'empêcher Sylvestre d'embrasser Virginie ou de prévenir un accident qui allait le conduire à l'hôpital...

– ... c'était d'attraper la balle moi-même !

– Quitte à ce que Sylvestre t'embrasse ? s'amuse Virginie.

– J'étais prêt à courir le risque de te rendre jalouse…

Manseau est arrivé juste au bon moment. Il a tendu le bras à la dernière seconde, lorsque la balle a été cognée vers Sylvestre.

– J'ai été chanceux, enchaîne-t-il. Je n'avais qu'à mettre le gant devant son visage. Il n'y avait rien de sorcier là-dedans : on m'avait déjà prévenu de la trajectoire de la balle et, comme il s'agissait d'une reprise…

– Tu m'as enlevé une épine du pied, Manseau, lui dit Virginie, reconnaissante. Je ne sais pas de quelle façon te remercier…

Manseau, troublé, baisse les yeux.

– Euh… ben… Sylvestre l'a su, lui, dans ton rêve, comment te… te remercier.

Virginie aurait avalé une mouche qu'elle n'aurait pas été plus étonnée !

Le cœur battant à un rythme fou, son visage rougit… De manière subtile, elle se pince le bras pour s'assurer qu'elle n'est pas dans son lit.

– Ouch! murmure-t-elle.

– Quoi? Tu t'es fait mal? s'inquiète Manseau.

– Non, rien…

Elle approche ses lèvres pour embrasser Manseau sur la joue.

PAF! PAF!

– Tou-tou-tou-ché! aboient Sylvestre et Hubert.

Sur la tête de Manseau et de Virginie ont explosé deux ballons remplis de barbotine.

– C'est pour le coup d'hier soir! indique Sylvestre, heureux de leur avoir servi cette douche froide.

– De rien! maugrée Manseau.

Virginie essuie la barbotine à la cerise de son visage.

– On saura quoi faire la prochaine fois, rugit-elle.

Elle secoue la tête et frissonne alors que le liquide rouge et glacé coule dans son dos.

– Oh oui, répète-t-elle, je saurai quoi faire la prochaine fois...

FIN

MOT SUR L'AUTEUR

Un pouvoir comme celui de Virginie Vanelli appelle une certaine responsabilité. C'est là l'idée première du troisième volet de cette série qui met en vedette une jeune fille dont les rêves ont un écho dans la réalité. Que choisira-t-elle de faire, sachant que son illustre ennemi, Sylvestre, pourrait recevoir une balle de baseball en pleine poire? Se fermer les yeux, comme si de rien n'était? Ou intercepter la balle et... recevoir un bisou de la part de cet horrible garçon? L'auteur Alain M. Bergeron lui-même n'en était plus certain au fur et à mesure que l'histoire avançait. Car il l'aurait bien mérité, ce Sylvestre... Mais le gardien des rêves Goki devait veiller au grain, tant pour Virginie... que pour Alain!

MOT SUR L'ILLUSTRATRICE

Si Virginie protège parfois les araignées, c'est plutôt les vers de terre que défend Geneviève! Enfant, cette illustratrice au grand cœur prenait en effet le temps de déplacer les vers de terre au milieu de la rue pour ne pas qu'ils se fassent écraser! Geneviève aimait aussi jouer à la balle molle, à cette époque. Elle réussissait bien au bâton, mais c'était moins facile au champ: elle pensait plus à protéger sa mâchoire – et ses broches – qu'à attraper la balle! Pas de carrière sportive pour notre illustratrice, donc... à notre grand plaisir, car nous adorons l'univers qu'elle a créé pour Virginie Vanelli!

RIRE AUX ÉTOILES

Série Virginie Vanelli

Auteur : Alain M. Bergeron
Illustratrice : Geneviève Couture

1. La clé des songes
2. La patinoire de rêve
3. La dangereuse fausse balle

Série La fée Bidule

Auteure : Marie-Hélène Vézina
Illustrateur : Bruno St-Aubin

1. Méo en perd ses mots
2. Un boulanger dans le pétrin
3. À l'eau, les superhéros !

www.rireauxetoiles.ca

La Joyeuse maison hantée

Mouk le monstre

Auteure : Martine Latulippe
Illustratrice : Paule Thibault

Abrakadabra chat de sorcière

Auteur : Yvon Brochu
Illustratrice : Paule Thibault

Frissella la fantôme

Auteur : Reynald Cantin
Illustratrice : Paule Thibault

www.joyeusemaisonhantee.ca

Marquis imprimeur inc.

Québec, Canada
2008